NASA
U.S. AIR FORCE
X-15
NAVY
61
JMA 2013-11

Pour Philippe
J Michel Arroyo

JEAN MICHEL ARROYO - FRÉDÉRIC ZUMBIEHL - KETTY FORMAGGIO
LES AVENTURES DE BUCK DANNY «Classic»
DUEL SUR MIG ALLEY
Les aventures de Buck Danny ont été créées par Georges Troisfontaines, Victor Hubinon et Jean-Michel Charlier.
TEXAS KILLER
25
DUPUIS
ZÉPHYR BD

Les auteurs tiennent à remercier tout particulièrement Sam Prétat, Franck Bellucci et Yvan Fernandez.

DÉJÀ PARU

DUPUIS

ZÉPHYR BD

R.2/2018.
Collection dirigée par Alexandre Paringaux
À contacter : naudot@dupuis.com
Tel : 06 19 55 53 26

Maquette : Patrice Buendia
Couleurs : Ketty Formaggio
Achevé d'imprimer en octobre 2014
sur les presses de l'imprimerie Lesaffre à Tournai en Belgique

ISBN: 978-2-36118-154-3

www.zephyreditions.com
www.dupuis.com

BUCK DANNY
DUEL SUR MiG ALLEY
BUCK DANNY, SONNY ET TUMB SONT ENVOYÉS EN CORÉE AFIN DE TESTER LA TOUTE DERNIÈRE VERSION DU SABRE, LE F86-E, EN CONDITIONS RÉELLES DE COMBAT, LE MIG-15 UTILISÉ PAR LES PILOTES NORD-CORÉENS ET CHINOIS ÉTANT UN ADVERSAIRE REDOUTABLE...
ILS DOIVENT AUSSI NAVALISER DE TOUTE URGENCE LE SABRE, LES PANTHER DE L'AÉRONAVALE US ÉTANT TOTALEMENT DÉPASSÉS SUR LE PLAN TECHNIQUE PAR LE CHASSEUR SOVIÉTIQUE. L'ENJEU EST DE TAILLE, CAR LA MAÎTRISE DU CIEL ÉTANT DÉCISIVE DANS LA BATAILLE QUE L'ONU DOIT ABSOLUMENT GAGNER AFIN DE FREINER LES DÉLIRES EXPANSIONNISTES DE STALINE.
MAIS UN AS SOVIÉTIQUE, LE COLONEL KORSAKOV, VEUT SE FAIRE UN NOM EN ABATTANT LE PLUS CÉLÈBRE PILOTE AMÉRICAIN. AIDÉ PAR LES SERVICES SECRETS SOVIÉTIQUES QUI ONT PLACÉ UN RÉSEAU DORMANT D'ESPIONS AU SEIN MÊME DES FORCES DE L'ONU, IL PREND CONNAISSANCE DES PLANS D'UNE VASTE OFFENSIVE AÉRIENNE ET MONTE UN TERRIBLE PIÈGE POUR FAIRE TOMBER BUCK. CE DERNIER, INCONSCIENT DU SINISTRE PLAN QUI SE TRAME, S'APPRÊTE À SE JETER DANS LA GUEULE DU LOUP EN TÊTE DE SON ESCADRILLE...
DMA 1.

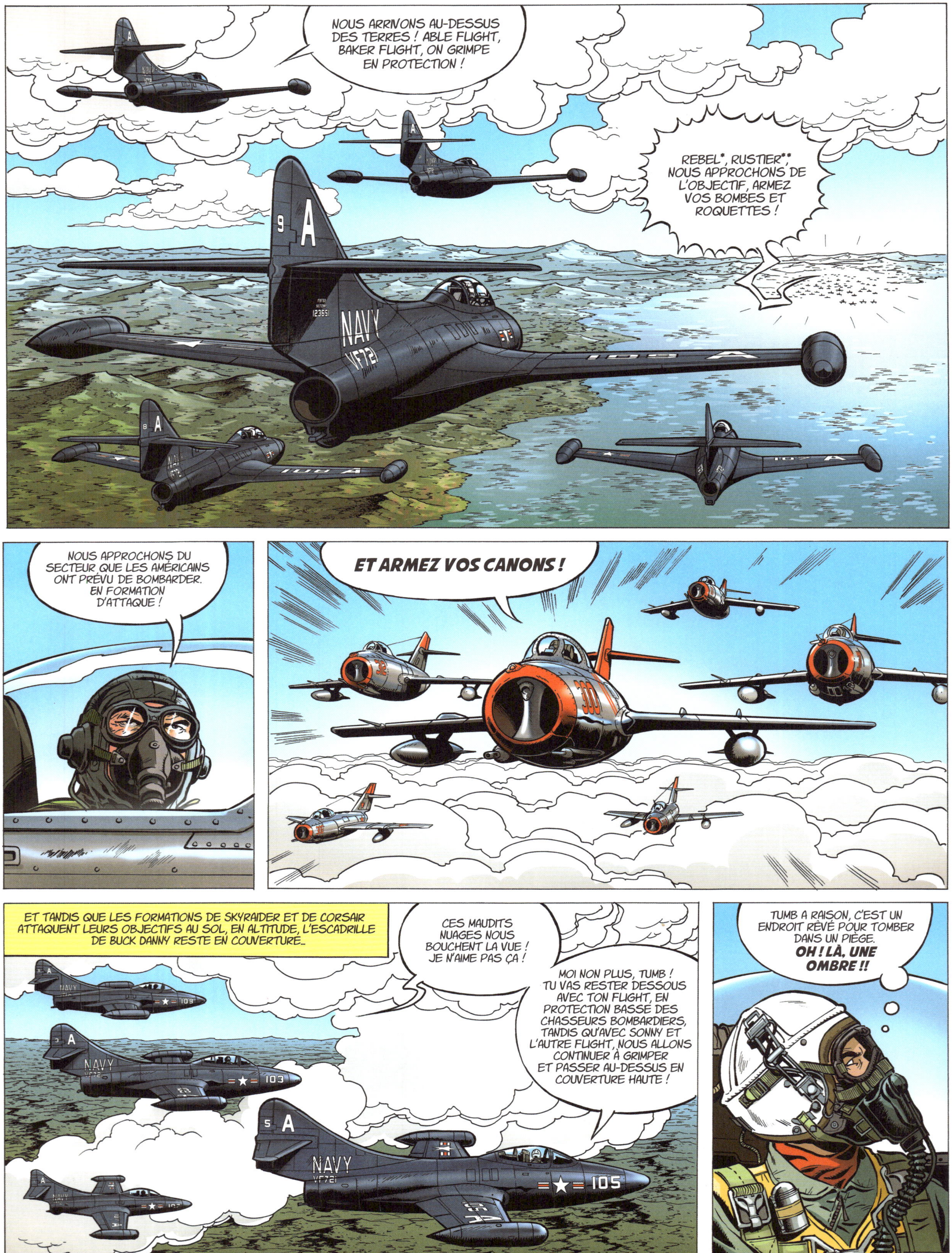

*VF-791 FIGHTING FALCON REBEL SUR F4U-4 CORSAIR...
**VA-702 RUSTIERS RUSTIER SUR AD-2 SKYRAIDER...

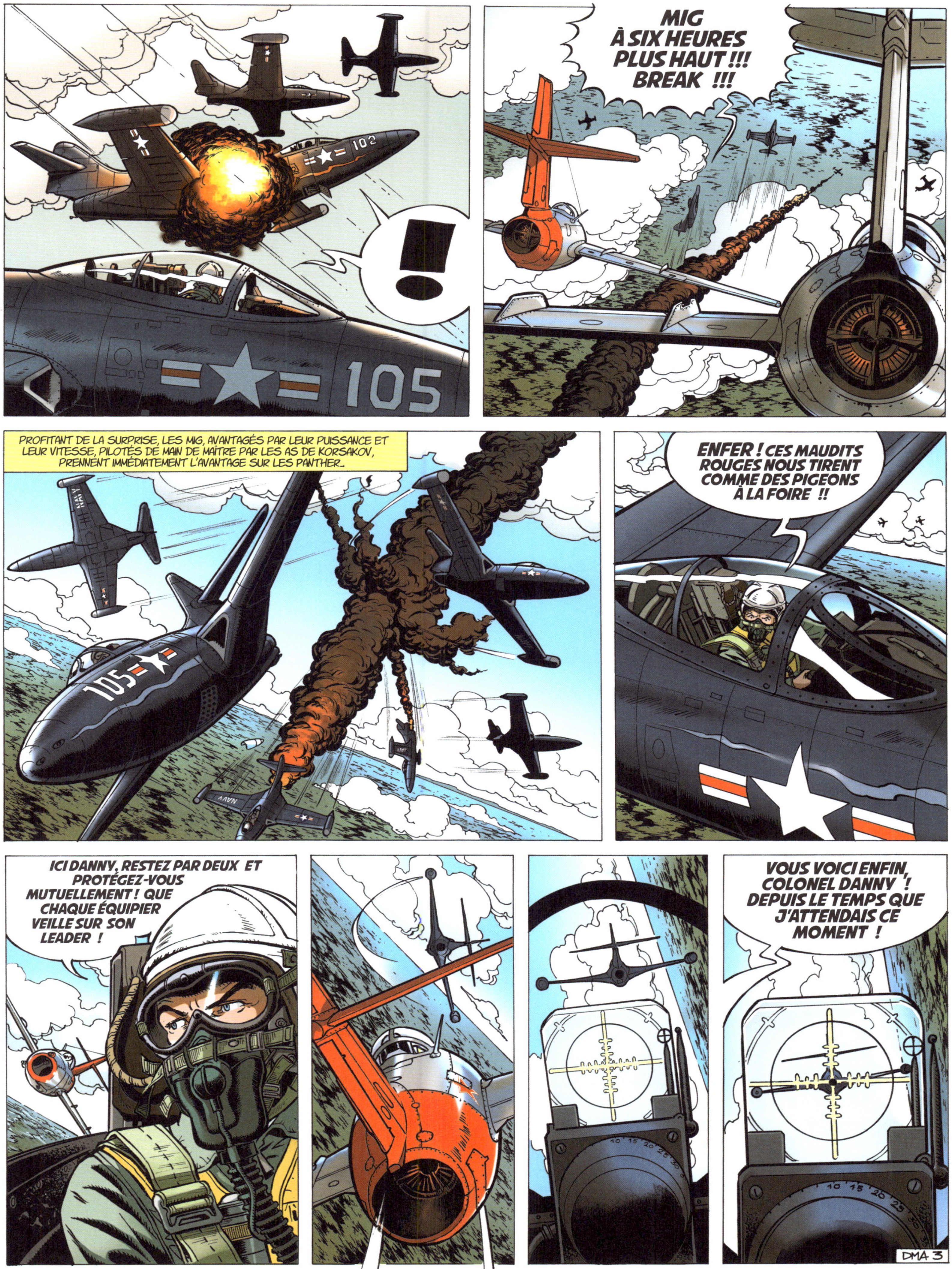
!
MIG À SIX HEURES PLUS HAUT !!! BREAK !!!
PROFITANT DE LA SURPRISE, LES MIG, AVANTAGÉS PAR LEUR PUISSANCE ET LEUR VITESSE, PILOTÉS DE MAIN DE MAÎTRE PAR LES AS DE KORSAKOV, PRENNENT IMMÉDIATEMENT L'AVANTAGE SUR LES PANTHER...
ENFER ! CES MAUDITS ROUGES NOUS TIRENT COMME DES PIGEONS À LA FOIRE !!
ICI DANNY, RESTEZ PAR DEUX ET PROTÉGEZ-VOUS MUTUELLEMENT ! QUE CHAQUE ÉQUIPIER VEILLE SUR SON LEADER !
VOUS VOICI ENFIN, COLONEL DANNY ! DEPUIS LE TEMPS QUE J'ATTENDAIS CE MOMENT !
DMA 3

BAKER 2. BREAK GAUCHE !
C'ÉTAIT MOINS UNE ! JOHNSON, PLEINS GAZ ET ON VIRE SERRÉ EN GRIMPANT SEC !
BIEN REÇU, LEADER !
MANOEUVRE INUTILE, COLONEL, MON MIG SURCLASSE TOTALEMENT VOS POUSSIFS PANTHER !
RIEN À FAIRE ! IMPOSSIBLE DE LE DÉCROCHER ! JOHNSON, NOUS ALLONS FAIRE UN BREAK CISEAU. ATTENTION, À MON COMMANDEMENT...
!
NAVY
VF 721
109
ICI JOHNSON, JE SUIS TOUCHÉ. JE... JE... AAAAHH !!
105
ENFER, CE PILOTE EST UN DÉMON ! CE MALHEUREUX JOHNSON, ET MAINTENANT, C'EST MON TOUR !
DU LEADER À TOUS, LES ADVERSAIRES SONT TROP FORTS, NOUS ALLONS TOUS NOUS FAIRE DESCENDRE !!
ROMPEZ LE COMBAT !! C'EST UN ORDRE !!
ADIEU CHAPS ! ENVOYEZ LES SECOURS, OUT !
DMA 4

* UN PARACHUTISTE DOIT TOUJOURS SE LIBÉRER DE SON HARNAIS AVANT D'ATTERRIR DANS L'EAU, SOUS PEINE DE S'EMMÊLER DANS LES SUSPENTES ET DE SE NOYER...

PUISANT DANS SES ULTIMES RÉSERVES, BUCK A ENFIN RÉUSSI À COUPER LA DERNIÈRE SANGLE ET REMONTE VERS LA SURFACE, LES POUMONS EN FEU.
DE L'AIR ! ENFIN !
DIABLE, LE COURANT EST FORT ! SANS GILET ET ALOURDI PAR MES ÉQUIPEMENTS DE VOL, ÇA NE VA PAS ÊTRE FACILE DE REJOINDRE LA RIVE, ET... OH, LÀ, JOHNSON ! IL A PERDU CONNAISSANCE !
POURVU QU'IL NE SOIT PAS TROP TARD !
OUF ! IL RESPIRE !
VRRRRRR
DES PILOTES ! ON DIRAIT DES AMÉRICAINS ! EN AVANT, CAPTURONS-LES !
TONNERRE ! NOUS SOMMES REPÉRÉS ! CETTE FOIS, TOUT EST PERDU !
LES MAINS EN L'AIR, MAUDITS YANKEES, OU JE FAIS OUVRIR LE FEU !
25
VROOOOOO
DMA 6

BAOM
ALERTÉ PAR LES APPAREILS DU BOXER, UN HÉLICOPTÈRE DE LA NAVY, EN ATTENTE PRÈS DE LA ZONE DES COMBATS, FONCE VERS LES DEUX PILOTES...
BUAER - USN
DANS L'INFIRMERIE DU BOXER, DEUX HEURES PLUS TARD.
COMMENT VA-T-IL, DOC ?
SON ÉJECTION LUI A CAUSÉ UN TRAUMATISME CRÂNIEN, SA TÊTE AYANT PROBABLEMENT HEURTÉ LA VERRIÈRE.
MAIS VOUS L'AVEZ SAUVÉ DE LA NOYADE. IL DEVRAIT S'EN TIRER SANS TROP DE DOMMAGES.
MAIS JE NE PEUX PAS EN DIRE AUTANT DE CELUI-LÀ, MALHEUREUSEMENT BRÛLÉ AU SECOND DEGRÉ SUR PRESQUE TOUT LE CORPS SUITE AU CRASH DE SON APPAREIL À L'APPONTAGE !
IL S'AGIT DE COOPER. SON PANTHER ÉTAIT GRAVEMENT ENDOMMAGÉ, MAIS IL A REFUSÉ DE S'ÉJECTER ! SON ZINC A PRIS FEU DANS LA BARRIÈRE, SA VERRIÈRE S'EST COINCÉE DANS LES SANGLES ET LES POMPIERS ONT MIS DU TEMPS À LE SORTIR.
PAUVRE TYPE.
ET PEU APRÈS, DANS LE BUREAU DE L'AMIRAL...
NOUS AVONS PERDU QUATRE PILOTES, SIR ! SANS COMPTER MON APPAREIL ET CELUI DE JOHNSON, PLUS COOPER GRAVEMENT BRÛLÉ !
NOUS SOMMES TOMBÉS DANS UN PIÈGE, AMIRAL, CELA NE FAIT AUCUN DOUTE !
TOUT ÇA VIENT DE CE MAUDIT ESPION ! IL A DÛ AVOIR CONNAISSANCE DE NOS PLANS ! SI JE L'ATTRAPE, CELUI-LÀ, JE JURE QUE...
C'EST FAIT !
HEIN ?!
DMA 7

LES GARS DE L'ONI L'ONT COINCÉ ALORS QU'IL TRANSMETTAIT UN MESSAGE RADIO PENDANT VOTRE DÉCOLLAGE. ILS ONT RÉUSSI À TRIANGULER SA FRÉQUENCE RADIO.
BEN ÇA ALORS ! ET OÙ EST-IL CE RASCAL ? JE VEUX ALLER LE VOIR ET...
CE N'EST PAS DE VOTRE RESSORT, LIEUTENANT TUCKSON ! MESSIEURS, VOICI NED TURNER, DE LA CIA. IL EST ARRIVÉ D'URGENCE DE SON QG EN CORÉE AFIN DE L'INTERROGER.
VOTRE ESPION EST TRÈS PROBABLEMENT UN AGENT DORMANT DU NKVD. MALHEUREUSEMENT, J'AI PEU D'ESPOIR D'EN TIRER QUELQUE CHOSE. CES GENS SONT TRÈS BIEN FORMÉS ET PRÊTS À MOURIR PLUTÔT QUE DE TRAHIR LES LEURS.
JE... OUI, AMIRAL, MAIS JE PERSISTE À...
SUFFIT. TÊTE DE PIOCHE !! SHUT UP !
AINSI, C'EST DONC VOUS LE LIEUTENANT TUCKSON !
HEU... OUI, POU... POURQUOI ?
EH BIEN FÉLICITATIONS ! VOTRE DÉCOUVERTE D'APPAREILS SOVIÉTIQUES EN CHINE EST D'UNE GRANDE IMPORTANCE ! ET SUITE À VOTRE RAPPORT, NOUS AVONS ENQUÊTÉ.
ET QU'AVEZ-VOUS DÉCOUVERT ?
D'APRÈS NOS INFORMATEURS, STALINE A ENVOYÉ EN MANDCHOURIE UNE ESCADRILLE DE CHASSE DEPUIS MOSCOU. ELLE EST COMMANDÉE PAR LE COLONEL YEVGUENI KORSAKOV, LE PLUS GRAND AS SOVIÉTIQUE, QUI A REMPORTÉ PLUS DE CENT VICTOIRES CONTRE LES ALLEMANDS DURANT LA SECONDE GUERRE MONDIALE. KORSAKOV A PERSONNELLEMENT CHOISI CHACUN DE SES PILOTES, TOUS DES AS...
ALORS IL N'Y A AUCUN DOUTE, C'EST SUR EUX QUE NOUS SOMMES TOMBÉS AUJOURD'HUI !
OUAIS, CES PILOTES ÉTAIENT DES VIRTUOSES, AUCUN DOUTE LÀ-DESSUS !
AMIRAL, L'HEURE EST GRAVE ! LE SUCCÈS DE CE KORSAKOV ET DE SON UNITÉ D'ÉLITE RISQUE FORT D'INCITER LES SOVIETS À ENVOYER PLUS DE LEURS PILOTES EN CORÉE ! CELA VA CHANGER LES RAPPORTS DE FORCE !
SANS COMPTER QUE LA NOUVELLE VA FAIRE LE TOUR DES UNITÉS ALLIÉES ET QUE LA PANIQUE VA S'ÉTENDRE SUR LES DIFFÉRENTES BASES DE CORÉE !
SI L'ONU PERD LA MAÎTRISE DU CIEL, LA GUERRE SERA PERDUE. AMIRAL, NOUS DEVONS ABSOLUMENT REPRENDRE LES CHOSES EN MAIN. MAIS AVANT TOUT, IL FAUT INTERDIRE TOUTE OPÉRATION AU-DESSUS DE LA CORÉE AUX PANTHER DE L'AÉRONAVALE ! CES APPAREILS NE SONT ABSOLUMENT PAS AU NIVEAU POUR COMBATTRE LES MIG. SEULS LES SABRE ONT UNE CHANCE. DE CE FAIT, IL DEVIENT TRÈS URGENT DE TERMINER LA NAVALISATION DU F-86.
TRÈS BIEN, DANNY ! CONTACTEZ TOUTES NOS UNITÉS AÉRONAVALES ET PASSEZ-LEUR LE MOT.
QUANT À VOUS, VOUS ALLEZ TERMINER CE QUE VOUS AVEZ COMMENCÉ, LA NAVALISATION DU SABRE. MAIS JE VOUS PRÉVIENS : METTEZ ENCORE UN SEUL APPAREIL À LA FLOTTE ET JE VOUS JETTE À FOND DE CALE LES FERS AUX PIEDS JUSQU'À LA FIN DE LA GUERRE !
AYE, AYE, SIR !
DMA 8

BASE AÉRIENNE DE TONGHUA, MANDCHOURIE, DEUX JOURS PLUS TARD...
ON ATTEND QUELQU'UN D'IMPORTANT ?
NIET !
LE CAMARADE LAVRENTI BERIA EN PERSONNE !
QUE VIENT FAIRE LE DIRECTEUR DU NKVD ICI ?
C'EST UN PLAISIR DE VOUS RENCONTRER, CAMARADE DIRECTEUR. QUE ME VAUT L'HONNEUR DE VOTRE VISITE ?
LORSQUE J'AI APPRIS LA NOUVELLE DE VOS EXPLOITS, J'AI SAUTÉ DANS LE PREMIER AVION AFIN DE VENIR VOUS FÉLICITER EN PERSONNE ! LE CAMARADE STALINE VEUT GARDER CETTE AFFAIRE SECRÈTE, MAIS JE PENSE QUE C'EST UNE ERREUR.
VENEZ, ALLONS PARLER UN PEU... J'AI ENTENDU DIRE QUE VOUS AVIEZ DES AMBITIONS POLITIQUES, CAMARADE ?
DA, CAMARADE DIRECTEUR. MA CARRIÈRE MILITAIRE NE DURERA PAS ÉTERNELLEMENT ET JE NE TIENS PAS À VIEILLIR EN VIEUX SOLDAT AIGRI ASSIS SUR SON TAS DE MÉDAILLES EN RESSASSANT INUTILEMENT LE PASSÉ...
EH BIEN, J'AI PEUT-ÊTRE DE QUOI APPORTER DE L'EAU À VOTRE MOULIN, COLONEL ! NOUS SOMMES PLUSIEURS AU POLITBURO À PENSER QUE LE CAMARADE STALINE A FAIT SON TEMPS ET QU'IL DOIT CÉDER LA MAIN. MAIS COMME CE VIEUX FOU S'ACCROCHERA AU POUVOIR JUSQU'À SA MORT,
J'AI ÉLABORÉ UN PLAN POUR ACCÉLÉRER LES CHOSES. NOUS ALLONS FOMENTER UN COUP D'ÉTAT MILITAIRE ET LE RENVERSER. MAIS POUR CELA, IL NOUS FAUT UNE FIGURE FORTE, UN EMBLÈME QUI RALLIERA TOUTES NOS FORCES ARMÉES DERRIÈRE SA BANNIÈRE...
IL NOUS FAUT UN HÉROS, CAMARADE, UN HOMME TEL QUE VOUS, UN AS DE LA CHASSE QUI S'EST NON SEULEMENT COUVERT DE GLOIRE PENDANT LA SECONDE GUERRE MONDIALE, MAIS QUI VIENT D'ABATTRE LE PLUS GRAND PILOTE AMÉRICAIN DANS LE CIEL DE CORÉE !
JE SUIS HONORÉ DE VOTRE CONFIANCE, CAMARADE DIRECTEUR, MAIS...
SAISISSEZ VOTRE CHANCE, CAMARADE COLONEL, IL N'Y EN AURA PAS D'AUTRE. À VOUS DE VOIR SI VOUS VOULEZ PRENDRE EN MAIN VOTRE DESTIN ET CELUI DE LA PATRIE EN SIÉGEANT AU POLITBURO COMME CHEF D'ÉTAT-MAJOR DES ARMÉES, OU BIEN FINIR EN VIEUX SOLDAT AIGRI, OU PIRE, AU FOND D'UN GOULAG SUITE À UNE PURGE PARANOÏAQUE DE STALINE.
C'EST UN GRAND HONNEUR QUE VOUS ME FAITES, CAMARADE DIRECTEUR, ET J'ACCEPTE, BIEN ENTENDU. CEPENDANT, NOTRE VICTOIRE D'AUJOURD'HUI N'EN EST PAS VRAIMENT UNE. LES AMÉRICAINS N'AVAIENT AUCUNE CHANCE SUR LEURS VIEUX PANTHER POUSSIFS,
ET PAS UN SEUL PILOTE DE CHASSE AU MONDE NE SERA DUPE DE MA SOI-DISANT VICTOIRE SUR LE COLONEL DANNY. JE NE VEUX PAS ÊTRE UN HÉROS DE PACOTILLE, PERSONNE N'Y CROIRAIT, SURTOUT PAS MES CAMARADES SOLDATS, ET VOTRE PLAN POURRAIT ÉCHOUER !
QUE PROPOSEZ-VOUS ?
UN DUEL EN BONNE ET DUE FORME, ENTRE LUI ET MOI, MIG CONTRE SABRE. LE PLUS GRAND AS DU BLOC DE L'EST CONTRE LE PLUS GRAND AS DU BLOC DE L'OUEST, À ARMES ÉGALES.
MAIS COMMENT ÊTRE CERTAIN QUE VOUS ALLEZ GAGNER SI VOUS VOUS AFFRONTEZ SUR DES APPAREILS AUX PERFORMANCES SIMILAIRES ?
FAITES-MOI CONFIANCE POUR ÇA, CAMARADE, J'AI UN ATOUT IMPARABLE DANS MA MANCHE !
DMA 9

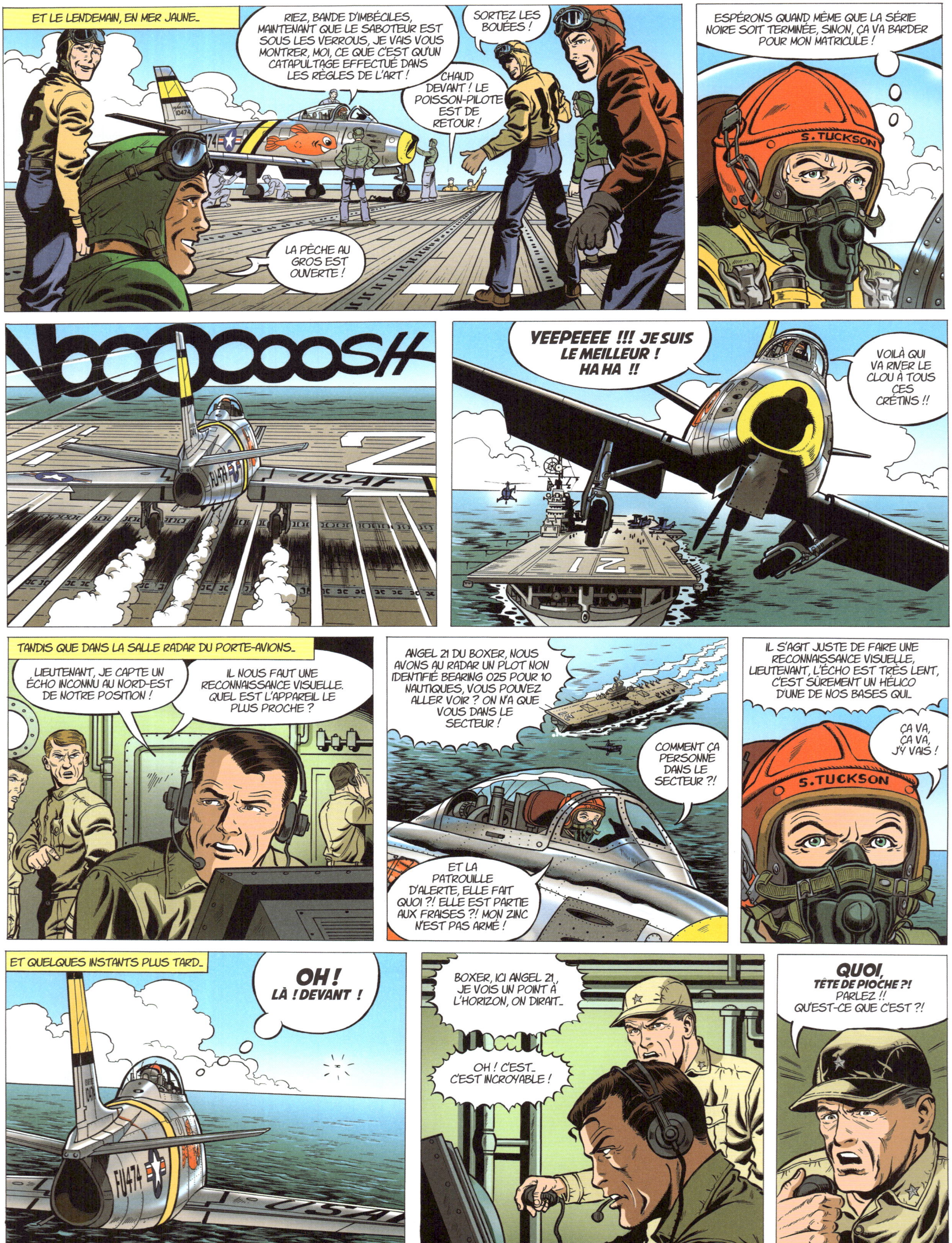
ET LE LENDEMAIN, EN MER JAUNE…
RIEZ, BANDE D'IMBÉCILES, MAINTENANT QUE LE SABOTEUR EST SOUS LES VERROUS, JE VAIS VOUS MONTRER, MOI, CE QUE C'EST QU'UN CATAPULTAGE EFFECTUÉ DANS LES RÈGLES DE L'ART !
SORTEZ LES BOUÉES !
CHAUD DEVANT ! LE POISSON-PILOTE EST DE RETOUR !
LA PÊCHE AU GROS EST OUVERTE !
ESPÉRONS QUAND MÊME QUE LA SÉRIE NOIRE SOIT TERMINÉE, SINON, ÇA VA BARDER POUR MON MATRICULE !
S. TUCKSON
VOOOOOOSH
USAF
YEEPEEEE !!! JE SUIS LE MEILLEUR ! HA HA !!
VOILÀ QUI VA RIVER LE CLOU À TOUS CES CRÉTINS !!
TANDIS QUE DANS LA SALLE RADAR DU PORTE-AVIONS…
LIEUTENANT, JE CAPTE UN ÉCHO INCONNU AU NORD-EST DE NOTRE POSITION !
IL NOUS FAUT UNE RECONNAISSANCE VISUELLE. QUEL EST L'APPAREIL LE PLUS PROCHE ?
ANGEL 21 DU BOXER, NOUS AVONS AU RADAR UN PLOT NON IDENTIFIÉ BEARING 025 POUR 10 NAUTIQUES, VOUS POUVEZ ALLER VOIR ? ON N'A QUE VOUS DANS LE SECTEUR !
COMMENT ÇA PERSONNE DANS LE SECTEUR ?!
ET LA PATROUILLE D'ALERTE, ELLE FAIT QUOI ?! ELLE EST PARTIE AUX FRAISES ?! MON ZINC N'EST PAS ARMÉ !
IL S'AGIT JUSTE DE FAIRE UNE RECONNAISSANCE VISUELLE, LIEUTENANT, L'ÉCHO EST TRÈS LENT, C'EST SÛREMENT UN HÉLICO D'UNE DE NOS BASES QUI…
ÇA VA, ÇA VA, J'Y VAIS !
S. TUCKSON
ET QUELQUES INSTANTS PLUS TARD…
OH ! LÀ ! DEVANT !
FU474
BOXER, ICI ANGEL 21, JE VOIS UN POINT À L'HORIZON, ON DIRAIT…
OH ! C'EST… C'EST INCROYABLE !
QUOI, TÊTE DE PIOCHE ?! PARLEZ !! QU'EST-CE QUE C'EST ?!
DMA 10

C'EST... C'EST UN BIPLAN D'ORIGINE SOVIÉTIQUE, UN PO-2 AUX COULEURS NORD-CORÉENNES, MAIS LE NAVIGATEUR BRANDIT UN DRAPEAU BLANC !
QUOI ?!? VOUS VOUS FOUTEZ DE MOI, TUCKSON ?!
NON, AMIRAL, JE... JE VOUS JURE QUE C'EST VRAI ET... OH !
IL... IL BRANDIT UN PANNEAU DISANT QU'ILS ONT UN MESSAGE POUR LE COLONEL DANNY !
UN MESSAGE POUR DANNY ?! MAIS C'EST UNE HISTOIRE DE FOU ?!
AMIRAL, LE BIPLAN N'EST PAS ARMÉ, JE CROIS QU'ON PEUT LE LAISSER APPROCHER !
TRÈS BIEN, TUCKSON, FEU VERT POUR LE LAISSER VENIR PRÈS DU BOXER, MAIS GARDEZ-LE À L'OEIL, ET AU MOINDRE GESTE SUSPECT, LES CANONS DU BORD L'ABATTRONT, C'EST BIEN COMPRIS ?
BIEN, AMIRAL !
ET PEU APRÈS...
ICI ANGEL 21, CE ZOULOU EST TELLEMENT LENT QUE MÊME TOUT SORTI, JE NE PEUX PAS RESTER DERRIÈRE, JE VAIS LE DOUBLER !
ALLEZ-Y ANGEL, MAIS NE VOUS METTEZ PAS ENTRE LUI ET LES CANONS DU BORD !
VROOOOOAARRRRRRRrrrrr
POC
MON COLONEL, VOUS ÊTES SÛR QUE CE N'EST PAS UNE MACHINE INFERNALE ?
VU LE CHOC DE L'ATTERRISSAGE, ELLE AURAIT DÉJÀ EXPLOSÉ !
DMA 11

*VOIR L'ALBUM « LES TIGRES VOLANTS ».

* LE F9F-2B PANTHER A UNE DISTANCE FRANCHISSABLE DE 2177 KM.
** S'ATTENDANT À UNE ATTAQUE DES COMMUNISTES À TOUT INSTANT, TCHANG KAÏ-CHEK A FAIT DE TAÏWAN UNE FORTERESSE IMPRENABLE.
*** PARTI NATIONALISTE CHINOIS.

*BASE AÉRIENNE NORD-CORÉENNE PROCHE DE LA FRONTIÈRE.

**VÉRIDIQUE, LE LIEUTENANT NO-KUM SOK, DE L'ARMÉE DE L'AIR NORD-CORÉENNE, A FAIT DÉFECTION ET S'EST POSÉ SUR UNE BASE SUD-CORÉENNE AUX COMMANDES DE SON MIG-15 DURANT LA GUERRE DE CORÉE.

PEU APRÈS, DEVANT L'UN DES HANGARS DE LA BASE...
CETTE DÉFECTION VA CAUSER GRAND BRUIT CHEZ NOS ENNEMIS. IL SE POURRAIT MÊME QU'ILS TENTENT UN RAID DÉSESPÉRÉ POUR LE DÉTRUIRE. NOUS DEVONS ÉVACUER LE MIG AU PLUS VITE. DE TOUTE FAÇON, NOUS NE POUVONS PAS FAIRE LES ESSAIS ICI, C'EST TROP EXPOSÉ.
4
POURQUOI ? C'EST UN ENDROIT PARFAIT, AU CONTRAIRE ! JE VAIS FAIRE DOUBLER LA GARDE, ALERTER LA DCA ET...
DÉSOLÉ, COLONEL, MAIS NOUS SERONS MIEUX PROTÉGÉS SUR UNE DE NOS BASE AU JAPON.
EN ATTENDANT, MES ÉQUIPIERS ET MOI-MÊME NE QUITTERONS PAS LE MIG DES YEUX. MAIS IL VA FALLOIR LE METTRE EN CAISSE. IL NOUS FAUDRAIT UNE PETITE ÉQUIPE DE MÉCANICIENS AU-DESSUS DE TOUT SOUPÇON, QUE NOUS SURVEILLERONS NOUS-MÊMES POUR PLUS DE SÛRETÉ. AINSI, IL N'Y AURA AUCUN RISQUE DE SABOTAGE !
JE VAIS VOUS TROUVER ÇA !
MESSIEURS, NOUS ALLONS DEVOIR DÉMONTER LES AILES DU MIG. JE SAIS BIEN QUE VOUS NE CONNAISSEZ PAS CET APPAREIL ET QUE VOTRE OUTILLAGE N'EST PAS ADAPTÉ, MAIS NOUS DEVONS AVOIR TERMINÉ D'ICI LE MATIN, ET CELA, SANS AVOIR ABÎMÉ LE MOINDRE BOULON.
NE VOUS INQUIÉTEZ PAS, SIR, NOUS ALLONS PRENDRE LES MESURES TRÈS PRÉCISES DE TOUTE LA BOULONNERIE ET NOUS FABRIQUERONS NOS PROPRES CLÉS. ON A TOUT CE QU'IL FAUT ICI ! TOURS, FRAISEUSES, MEULES, ET DU MÉTAL EN PAGAILLE !
2057
DURANT DE LONGUES HEURES, LES MÉCANICIENS S'AFFAIRENT AVEC PRÉCAUTION, DÉVISSANT UN À UN LES BOULONS QUI TIENNENT LES AILES, RÉPERTORIANT CHAQUE PIÈCE DÉMONTÉE ET L'EMBALLANT SOIGNEUSEMENT...
616
US AIR FORCE
ET AU PETIT MATIN...
OUF, ÇA N'A PAS ÉTÉ SANS MAL, MAIS LE BOULOT EST FAIT. ET BIEN FAIT !
NOS MÉCANOS ONT TRAVAILLÉ COMME DES CHEFS !
RESTE PLUS QU'À FAIRE LE TRAVAIL INVERSE AU JAPON ET TESTER CE PIÈGE !
J'AI HÂTE DE M'Y METTRE !
U.S. AIR FORCE
TOI, TU RESTES À SUWON POUR ASSISTER TAO S'IL A BESOIN D'AIDE. IL AURA PEUT-ÊTRE BESOIN D'UN SOUTIEN AÉRIEN DURANT SON REPLI. ET DE TOUTE FAÇON, TUMB ET MOI SUFFIRONS LARGEMENT POUR TESTER LE MIG.
HEIN ?!? MAIS... MAIS...
ALLEZ, FAIS PAS CETTE TÊTE, TU VAS POUVOIR TE REPOSER PENDANT QUE BUCK ET MOI ALLONS RISQUER NOTRE PEAU SUR CE PIÈGE ! DE QUOI TU TE PLAINS ?
VOUS ALLEZ ME PRIVER D'UNE EXPÉRIENCE AÉRONAUTIQUE SANS PRÉCÉDENT : VOLER SUR UN MIG, VOILÀ DE QUOI JE ME PLAINS !
DÉSOLÉ, SONNY, MAIS L'UN DE NOUS DOIT OBLIGATOIREMENT RESTER ICI !
JE TE PROMETS QUE TU SERAS LE PREMIER À LIRE NOS RAPPORTS DE VOL !
DMA 16

ET TANDIS QUE LE GLOBEMASTER EMPORTANT LE MIG, BUCK, TUMB, AINSI QUE LES MÉCANOS ET LEUR OUTILLAGE SPÉCIALEMENT FABRIQUÉ, DÉCOLLE VERS LE JAPON, SUR LA BASE DE TONGHUA, AU MÊME INSTANT...
303
312
315
LA DÉFECTION DE CE PILOTE EST UN COUP TERRIBLE POUR NOTRE PLAN ! LE COLONEL DANNY VA EN TIRER UN AVANTAGE CERTAIN ! COMMENT ÊTRE SÛR DE VOTRE VICTOIRE, DORÉNAVANT ?
N'AYEZ AUCUNE INQUIÉTUDE, CAMARADE DIRECTEUR, MÊME SI BUCK DANNY DÉCOUVRE LES FAIBLESSES DU MIG-15, IL NE GAGNERA PAS.
MON ATOUT EST IMPARABLE !
300
311
VOUS LUI FAITES CONFIANCE POUR GAGNER CONTRE L'AS YANKEE, CAMARADE DIRECTEUR ?
NIET ! CES PILOTES DE CHASSE ONT TOUS DES EGO SURDIMENSIONNÉS ! ILS SE CROIENT TOUJOURS MEILLEURS QUE LES AUTRES !
300
NOUS ALLONS DONC ASSURER LE COUP ! ET POUR CELA, J'AI UN PLAN PARFAIT ! CHAUFFEUR, CONDUISEZ-NOUS AU CENTRE DES TRANSMISSIONS !
CONTACTEZ NOTRE RÉSEAU À SÉOUL. J'AI UN MESSAGE URGENT À ENVOYER À NOTRE CHEF DE STATION.
MOLOTOK ? ICI RODINA ! TENEZ-VOUS PRÊT POUR UNE ACTION SPÉCIALE ! LES INSTRUCTIONS SUIVENT EN MESSAGE CHIFFRÉ !
DMA 17

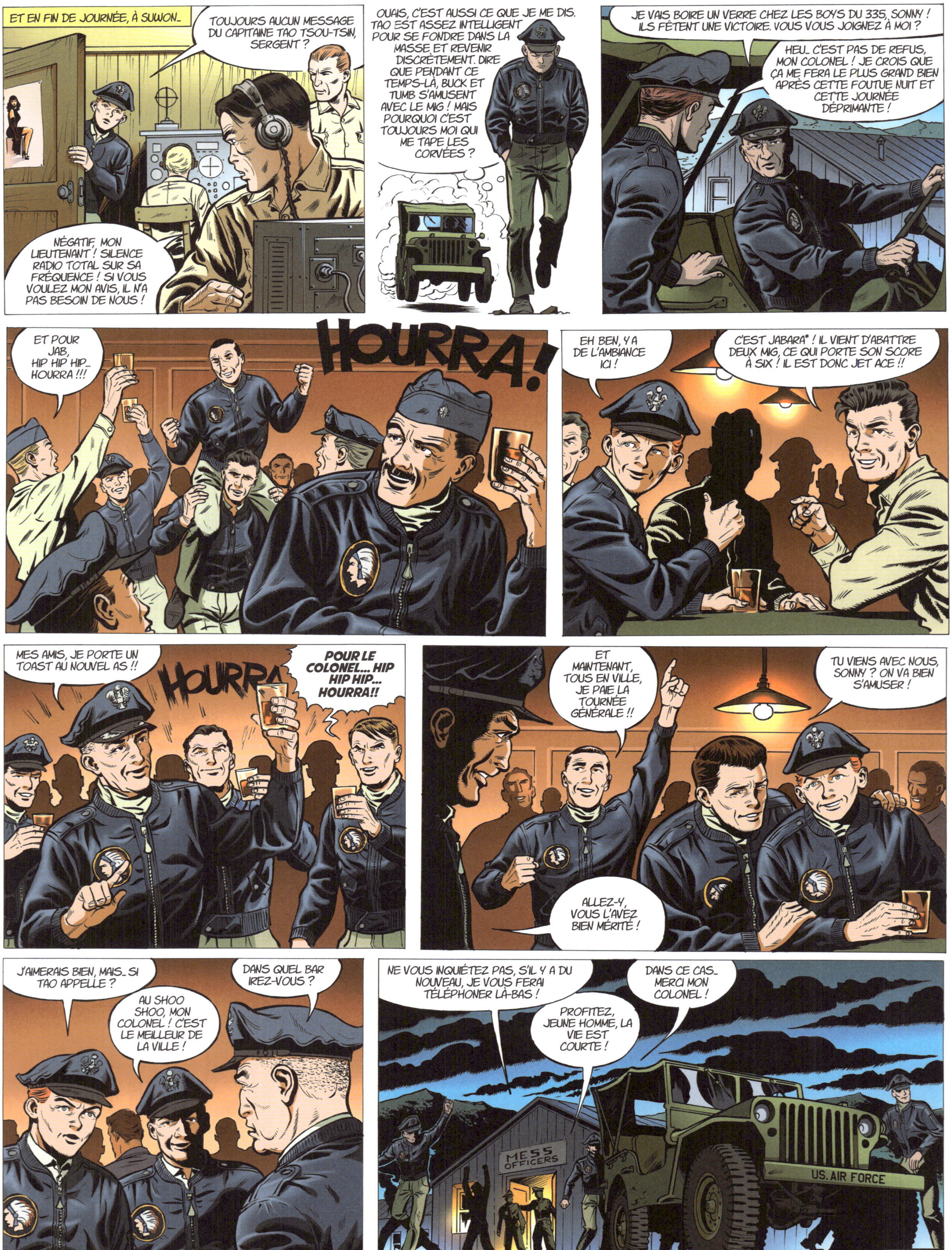

* JAMES JABARA, VÉRIDIQUE.

YOUHOOU! LAISSEZ PASSER LES AS !!!
CHAUD DEVANT !!!
REGARDE-MOI CES FLAMBEURS !
JE TE PARIE QU'ILS VONT FAIRE DU GRABUGE ET QU'ON VA LES RAMENER SAOULS COMME DES BARRIQUES !
MOLOTOK DE X-27, LA CIBLE QUITTE LA BASE POUR SÉOUL !
LES VOILÀ, TOUT VA BIEN, LE ROUQUIN EST AVEC EUX, À NOUS DE JOUER !
BAR
SALUT LA COMPAGNIE !
EXIT
BARMAN, TOURNÉE GÉNÉRALE !! À L'AIR FORCE ET AU 335e SQUADRON !! LES MEILLEURS !!
AU CUL, LES AVIATEURS !!!
HEIN ?! QU'EST-CE QUE TU AS DIT, PETIT ?
C'EST MOI QUE TU TRAITES DE PETIT, L'AVORTON ?!
TIENS ? IL SAIT PARLER, L'HOMME DE CRO-MAGNON ?
DMA 19

TIENS, BOIS UN COUP !
AAAAH! MES YEUX !
LÂCHE-MOI, ESPÈCE DE GRANDE SAUCISSE !!
PRÊTONS MAIN-FORTE À HANK, LES GARS ! SUS AUX AVIATEURS !
EXIT
PAF
BAR
APACHE, ZOULOU, ASSASSIN !!
U.S. AIR FORCE
LÂCHE-MOI !
TCHOK !
AH ! MERCI LES GARS ! MAIS FALLAIT PAS, JE MAÎTRISAIS PARFAITEMENT LA SITUATION ET...
MAIS... MAIS... QU'EST-CE QUE VOUS FAITES ?!
MAIS... MAIS... AU... AU SECOURS !!!
210 ZWO
HEY ! ON ENLÈVE SONNY !
TU AS PU RELEVER LE NUMÉRO ?
OUI ! VITE, AVERTISSONS LA POLICE MILITAIRE !
210 ZWO
DMA.20

*15 000 MÈTRES.

*ACTION STANDARD DE MISE EN VRILLE.
**QUI EST DE 10 000 PIEDS, SOIT 3000 MÈTRES.
***LA VITESSE EST UNE DES INDICATIONS PERMETTANT AU PILOTE DE SAVOIR QU'IL N'EST PLUS EN VRILLE MAIS EN AUTO-TONNEAUX.

* CE QUI PEUT PROVOQUER UN DÉPART EN VRILLE SI LE PILOTE NE RÉAGIT PAS CORRECTEMENT.

*LE TRISTEMENT CÉLÈBRE QG/PRISON DU KGB À MOSCOU.

LE SOIR MÊME...
FLEUR DE LOTUS, ICI JARDIN DE JADE, J'AI UN MESSAGE URGENT À TRANSMETTRE AU QG RÉGIONAL...
AU MÊME MOMENT, DANS UNE FERME ABANDONNÉE PROCHE DE LA FRONTIÈRE CHINOISE, OÙ LE COMMANDO DE TAO, SUR LE CHEMIN DU RETOUR VERS LA CORÉE DU SUD, S'EST ÉTABLI POUR LA NUIT...
PAS DE FEU, NOUS SOMMES TROP PROCHES DE LA ROUTE ET UNE PATROUILLE POURRAIT NOUS VOIR ! NOUS MANGERONS FROID CE SOIR, LES GARS !
CHEN, DES NOUVELLES DU QG ?
OUI, ILS VIENNENT JUSTE DE RECEVOIR UN MESSAGE DE LEUR AGENT INFILTRÉ DANS LA FORTERESSE-PRISON DE XIMING. UN AMÉRICAIN VIENT D'ÊTRE CAPTURÉ ET EMMENÉ LÀ-BAS. UN CERTAIN LIEUTENANT TUCKSON...
QUOI ?! TU ES SÛR DU NOM ?!
OUI. L'OPÉRATION A ÉTÉ COMMANDITÉE PAR LE NKVD ET IL DOIT ÊTRE TRANSFÉRÉ À MOSCOU PAR TRAIN SPÉCIAL DANS QUELQUES JOURS.
ENFER ! JE SUIS CERTAIN QUE CELA A UN RAPPORT AVEC LA DÉFECTION DU PILOTE NORD-CORÉEN ! NOUS DEVONS PRÉVENIR LES AMÉRICAINS ! APPELLE LE QG DE LA CIA À SÉOUL !
CHANGEMENT DE PROGRAMME ! ON REMBALLE ET ON REPART VERS LA FRONTIÈRE CHINOISE !
QU'EST-CE QUI SE PASSE, MON CAPITAINE ?
UNE MISSION DE SAUVETAGE ICI, PRÈS DE LA FRONTIÈRE. À VUE DE NEZ, DANS LES 150 KM À PARCOURIR. HEUREUSEMENT QUE NOUS N'AVONS PAS EU LE TEMPS DE NOUS REPLIER TROP AU SUD ! MAIS NOUS DEVRONS COUVRIR LA DISTANCE EN MOINS DE TROIS JOURS.
C'EST FAISABLE, MAIS À MARCHE FORCÉE !
ALORS NOUS N'AVONS PAS DE TEMPS À PERDRE, ON PART TOUT DE SUITE !
DMA 25

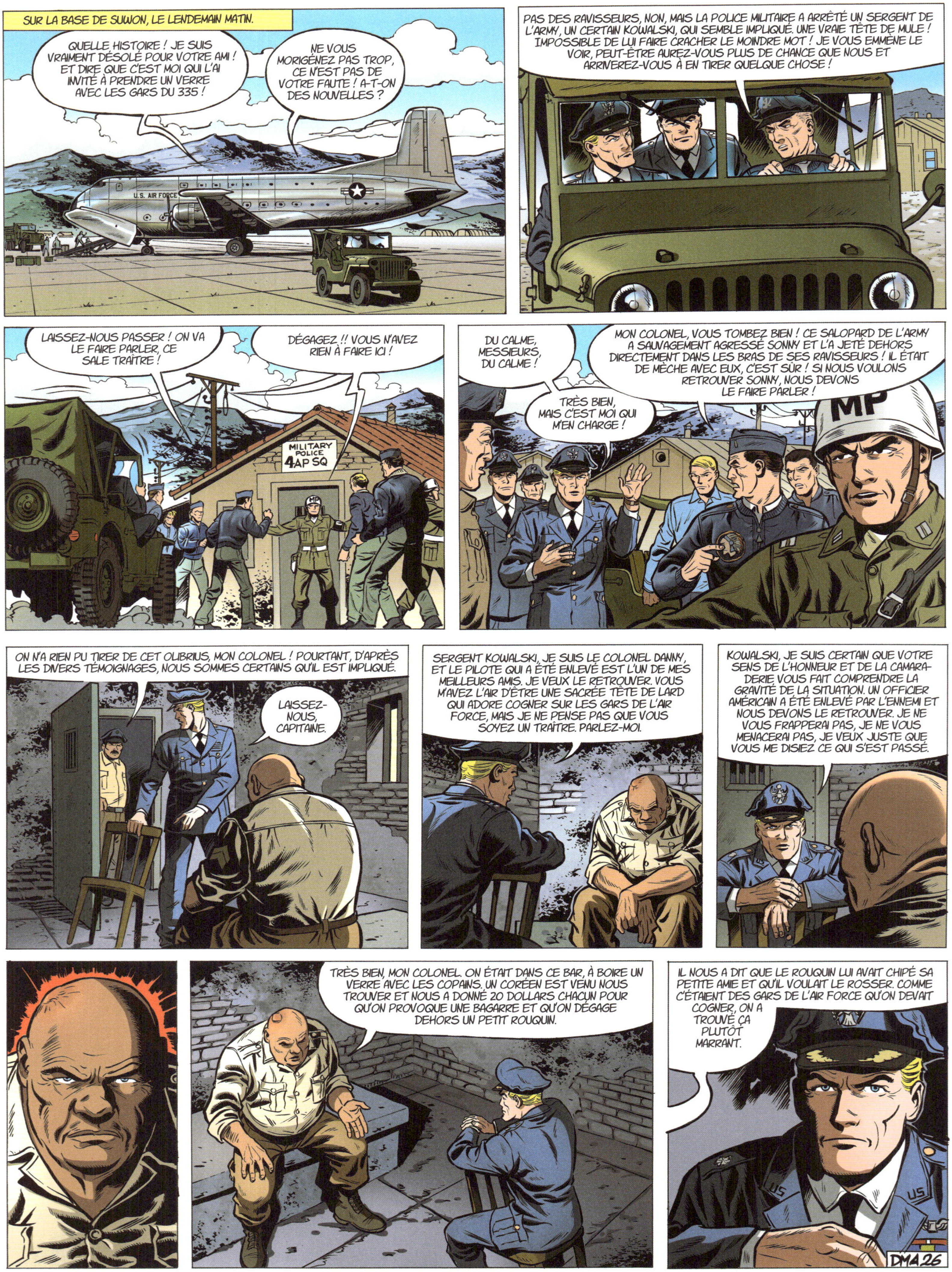

SUR LA BASE DE SUWON, LE LENDEMAIN MATIN.
QUELLE HISTOIRE ! JE SUIS VRAIMENT DÉSOLÉ POUR VOTRE AMI ! ET DIRE QUE C'EST MOI QUI L'AI INVITÉ À PRENDRE UN VERRE AVEC LES GARS DU 335 !
NE VOUS MORIGÉNEZ PAS TROP, CE N'EST PAS DE VOTRE FAUTE ! A-T-ON DES NOUVELLES ?
U.S. AIR FORCE
PAS DES RAVISSEURS, NON, MAIS LA POLICE MILITAIRE A ARRÊTÉ UN SERGENT DE L'ARMY, UN CERTAIN KOWALSKI, QUI SEMBLE IMPLIQUÉ. UNE VRAIE TÊTE DE MULE ! IMPOSSIBLE DE LUI FAIRE CRACHER LE MOINDRE MOT ! JE VOUS EMMÈNE LE VOIR, PEUT-ÊTRE AUREZ-VOUS PLUS DE CHANCE QUE NOUS ET ARRIVEREZ-VOUS À EN TIRER QUELQUE CHOSE !
LAISSEZ-NOUS PASSER ! ON VA LE FAIRE PARLER, CE SALE TRAÎTRE !
DÉGAGEZ !! VOUS N'AVEZ RIEN À FAIRE ICI !
MILITARY POLICE 4AP SQ
MP
DU CALME, MESSIEURS, DU CALME !
MON COLONEL, VOUS TOMBEZ BIEN ! CE SALOPARD DE L'ARMY A SAUVAGEMENT AGRESSÉ SONNY ET L'A JETÉ DEHORS DIRECTEMENT DANS LES BRAS DE SES RAVISSEURS ! IL ÉTAIT DE MÈCHE AVEC EUX, C'EST SÛR ! SI NOUS VOULONS RETROUVER SONNY, NOUS DEVONS LE FAIRE PARLER !
TRÈS BIEN, MAIS C'EST MOI QUI M'EN CHARGE !
MP
ON N'A RIEN PU TIRER DE CET OLIBRIUS, MON COLONEL ! POURTANT, D'APRÈS LES DIVERS TÉMOIGNAGES, NOUS SOMMES CERTAINS QU'IL EST IMPLIQUÉ.
LAISSEZ-NOUS, CAPITAINE.
SERGENT KOWALSKI, JE SUIS LE COLONEL DANNY, ET LE PILOTE QUI A ÉTÉ ENLEVÉ EST L'UN DE MES MEILLEURS AMIS. JE VEUX LE RETROUVER. VOUS M'AVEZ L'AIR D'ÊTRE UNE SACRÉE TÊTE DE LARD QUI ADORE COGNER SUR LES GARS DE L'AIR FORCE, MAIS JE NE PENSE PAS QUE VOUS SOYEZ UN TRAÎTRE. PARLEZ-MOI.
KOWALSKI, JE SUIS CERTAIN QUE VOTRE SENS DE L'HONNEUR ET DE LA CAMARADERIE VOUS FAIT COMPRENDRE LA GRAVITÉ DE LA SITUATION. UN OFFICIER AMÉRICAIN A ÉTÉ ENLEVÉ PAR L'ENNEMI ET NOUS DEVONS LE RETROUVER. JE NE VOUS FRAPPERAI PAS, JE NE VOUS MENACERAI PAS, JE VEUX JUSTE QUE VOUS ME DISIEZ CE QUI S'EST PASSÉ.
TRÈS BIEN, MON COLONEL. ON ÉTAIT DANS CE BAR, À BOIRE UN VERRE AVEC LES COPAINS. UN CORÉEN EST VENU NOUS TROUVER ET NOUS A DONNÉ 20 DOLLARS CHACUN POUR QU'ON PROVOQUE UNE BAGARRE ET QU'ON DÉGAGE DEHORS UN PETIT ROUQUIN.
IL NOUS A DIT QUE LE ROUQUIN LUI AVAIT CHIPÉ SA PETITE AMIE ET QU'IL VOULAIT LE ROSSER. COMME C'ÉTAIENT DES GARS DE L'AIR FORCE QU'ON DEVAIT COGNER, ON A TROUVÉ ÇA PLUTÔT MARRANT.
US
US
DMA 26

ALORS, MON COLONEL ? IL A PARLÉ ?
OUI, IL A ADMIS AVOIR ÉTÉ PAYÉ PAR UN CORÉEN POUR SORTIR SONNY, MAIS IL PENSAIT QUE C'ÉTAIT UNE HISTOIRE DE FILLE, ET JE LE CROIS. LA CIA VA L'INTERROGER AFIN DE RETROUVER CE CORÉEN, MAIS JE NE ME FAIS PAS D'ILLUSIONS, JE PENSE QU'IL Y A PEU D'ESPOIR DE CE CÔTÉ.
MILITAR POLICE 4APSQ
MP
SIR, NOUS SOMMES DÉSOLÉS POUR SONNY. C'EST MOI QUI AI TENU À ALLER EN VILLE FÊTER MA VICTOIRE, MAIS SI J'AVAIS SU...
CE N'EST PAS VOTRE FAUTE, VOUS ÊTES TOMBÉS DANS UN PIÈGE. LA FAÇON DONT LES CHOSES SE SONT DÉROULÉES LE PROUVE.
MP
NOUS AVONS DÉMASQUÉ UN AGENT COMMUNISTE SUR LE BOXER, ET SUITE À LA PANNE D'OXYGÈNE DE TUMB, NOUS ENVISAGIONS QU'IL Y EN AIT UN AUSSI À SUWON, MAIS MAINTENANT, AVEC CETTE AFFAIRE, J'EN SUIS CERTAIN ! VOUS ÉTIEZ ATTENDUS ET ON SAVAIT DANS QUEL BAR VOUS ALLIEZ DESCENDRE !
VOUS VOULEZ DIRE QU'UN TRAÎTRE A APPELÉ LES RAVISSEURS DEPUIS LA BASE ?
OUI, ET QU'IL SAVAIT AUSSI EXACTEMENT OÙ VOUS ALLIEZ DESCENDRE EN VILLE ! RAPPELEZ-VOUS, EN AVEZ-VOUS PARLÉ À QUELQU'UN EN PARTICULIER ?
NON ! ROBINS A DIT QU'ON IRAIT AU SHOO SHOO POUR QUE LE COLONEL PUISSE PRÉVENIR SONNY EN CAS DE BESOIN, MAIS... C'EST RESTÉ ENTRE NOUS !
BON, JE VEUX QUE CHACUN D'ENTRE VOUS REPENSE À CE QUI S'EST PASSÉ, ET S'IL SE SOUVIENT D'UN DÉTAIL MARQUANT, QU'IL VIENNE M'EN PARLER DIRECTEMENT, C'EST COMPRIS ?
COMPRIS, SIR !
4 APSQ
?!
COLONEL DANNY, NOUS AVONS DES NOUVELLES DU LIEUTENANT TUCKSON !
NOUS AVONS REÇU UN MESSAGE DU KUOMINTANG CETTE NUIT. UN DE LEURS AGENTS INFILTRÉS L'A REPÉRÉ DANS UNE FORTERESSE-PRISON EN MANDCHOURIE, PRÈS DE LA FRONTIÈRE.
MON DIEU, SONNY EST EN CHINE !
TRÈS BIEN, CONDUISEZ-MOI AU CENTRAL RADIO ! PENDANT CE TEMPS, TUMB, METS AU COURANT LE COLONEL DE CE QUE NOUS AVONS DÉCOUVERT SUR LE MIG, ET FAIS PASSER L'INFO À TOUTES LES BASES !
JE M'EN OCCUPE, BUCK !
BUCK ? CONTENT DE T'ENTENDRE, MON AMI ! J'AI DES NOUVELLES FRAÎCHES DE SONNY. IL VA ÊTRE ÉVACUÉ EN TRAIN VERS L'URSS LE JOUR MÊME DE TON DUEL ! VOILÀ CE QUE JE TE PROPOSE...
DMA 27

C'EST AVEC CE VIEUX BIPLAN ABANDONNÉ QUE JE DOIS ALLER CHERCHER SONNY ?
ÇA FAIT PARTIE DU PLAN, EN EFFET.
BON, JE SUPPOSE QU'ON N'A PAS LE CHOIX ?
SI, TUMB, ON A UN AUTRE CHOIX : LAISSER LE DÉPARTEMENT D'ÉTAT S'EN OCCUPER ET TENTER D'ÉCHANGER NOTRE AMI CONTRE QUELQUES AGENTS COMMUNISTES QUE NOUS DEVONS AVOIR DANS NOS CELLULES, AUX ÉTATS-UNIS.
ET LAISSER SONNY AUX MAINS DE CES MAUDITS ROUGES PENDANT DES MOIS, PEUT-ÊTRE DES ANNÉES ? ÇA, JAMAIS !
SIR, ON VOUS RAMÈNE CE PO-2 À LA BASE, COMME VOUS NOUS L'AVEZ DEMANDÉ, MAIS... À QUOI ÇA VA SERVIR ?
ON REDOUTE DES BOMBARDEMENTS DE NUIT AVEC CE TYPE D'APPAREIL, SERGENT, ET COMME CE ZINC EST LENT ET MANIABLE, NOUS DEVONS METTRE AU POINT DES TACTIQUES DE COMBAT !
AH, PIGÉ, MON COLONEL. IL N'EST PAS TROP ENDOMMAGÉ, ON VA VOUS LE RETAPER EN MOINS DE DEUX !
ÇA, C'EST LA RAISON OFFICIELLE, QUE L'AGENT TURNER CRÉDIBILISE EN ENVOYANT CE MESSAGE À TOUTES LES BASES. MAIS N'EN SOUFFLE MOT À PERSONNE ! TANT QUE CE SABOTEUR EST EN LIBERTÉ, NOUS DEVONS GARDER LE SECRET. ET AUSSI LE DÉMASQUER AVANT TON DÉCOLLAGE, SINON IL AVERTIRA SA HIÉRARCHIE ET NOTRE PLAN SERA ÉVENTÉ !
TU PEUX COMPTER SUR MOI. ET POUR COINCER CET ESPION, JE SUPPOSE QUE TU AS UNE IDÉE ?
OUI. J'AI PROFITÉ D'ÊTRE AU CENTRAL RADIO POUR TÉLÉPHONER À KADENA, AFIN DE NOUS FAIRE LIVRER UN MATÉRIEL TRÈS SPÉCIAL. FRED PRILL, L'INGÉNIEUR EN CHEF DU SABRE, A ACCEPTÉ DE JOUER LE JEU ET VA NOUS REJOINDRE ÉGALEMENT.
LÀ, J'AVOUE QUE TU M'INTRIGUES !
JE T'EXPLIQUERAI TOUT QUAND TU AURAS ÉTÉ CHERCHER MON F-86E SUR LE BOXER POUR LE RAMENER ICI !
HEIN ?!? MAIS TU ES FOU !! AVEC CE MAUDIT ESPION QUI TRAÎNE DANS LES PARAGES, C'EST PRENDRE UN RISQUE INCONSIDÉRÉ !
UP-40
JUSTEMENT, ÇA FAIT PARTIE DU PLAN !
UP-40
TÂCHE DE REVENIR LE PLUS VITE POSSIBLE, LE DUEL EST DANS DEUX JOURS, AUSSI, NOUS DEVONS ATTAQUER LE BOULOT SUR LE SABRE DÈS DEMAIN MATIN !
COMPTE SUR MOI, JE FAIS JUSTE L'ALLER-RETOUR !
ET MAINTENANT, TÂCHONS DE SAVOIR SI LES BOYS DU 335 ONT DÉCOUVERT QUELQUE CHOSE...
DMA 28

NOUS AVONS CHACUN REPENSÉ À LA SCÈNE COMME VOUS NOUS L'AVEZ DEMANDÉ, SIR. ON EN A REPARLÉ ENTRE NOUS AUSSI.
NOUS SOMMES FORMELS, SIR : L'INFORMATION N'A PAS PU SORTIR D'ICI. ET À PART NOUS, IL N'Y AVAIT QUE LE COLONEL ET LE BARMAN.
LE COLONEL ÉTANT AU-DESSUS DE TOUT SOUPÇON, IL NE RESTE QUE LE BARMAN !
ON S'EST RENSEIGNÉS SUR LUI. C'EST UN TYPE SANS HISTOIRE, TRÈS DISCRET. LE PROFIL PARFAIT, JE DIRAIS !
MERCI MESSIEURS. JE VAIS METTRE LA CIA SUR L'AFFAIRE. EN ATTENDANT, PAS UN MOT À QUICONQUE !
BIEN SÛR, SIR ! COMPTEZ SUR NOUS !
ET POUR SONNY, DU NOUVEAU ?
PAS POUR LE MOMENT, KIDS. MAIS JE VOUS TIENDRAI AU COURANT !
PAUVRES GAMINS. NON SEULEMENT ILS CULPABILISENT, MAIS EN PLUS, JE NE PEUX RIEN LEUR DIRE !
MESS OFFICERS
U.S. AIR FORCE
ET LE SOIR MÊME...
MINUIT PASSÉ ET TOUJOURS PAS FERMÉ L'OEIL... BELLE INSOMNIE ! MAIS COMMENT DORMIR AVEC CETTE HISTOIRE ! LE PLAN DE TAO N'A PAS UNE CHANCE SUR CENT DE FONCTIONNER. SANS COMPTER QU'IL VA RISQUER SA VIE ET CELLE DE SES HOMMES PENDANT QUE TUMB, AUX COMMANDES DE CE VIEUX COUCOU, VA TROMPER LA MORT...
PEUT-ÊTRE FERIONS-NOUS MIEUX DE LAISSER TOMBER ET DE LAISSER LE DÉPARTEMENT D'ÉTAT RÉGLEZ ÇA À L'AMIABLE ? QUE FAIRE, BON SANG ?
DZZIING
POK
!
UN MESSAGE ! SERAIT-CE LES RAVISSEURS ?
OH, MON DIEU !
Lors du duel, laissez-vous abattre, ou votre ami sera torturé à mort. Gardez le secret le plus absolu sur ce message. Si vous en parlez, nous le saurons, et votre ami mourra.
MON PAUVRE SONNY ! DANS QUEL PIÈGE DIABOLIQUE ES-TU TOMBÉ !
SCRITCH SCRITCH
DMA 29

*POSTCOMBUSTION : SYSTÈME PERMETTANT D'INJECTER DU KÉROSÈNE DIRECTEMENT DANS LA TUYÈRE, CE QUI AUGMENTE DRASTIQUEMENT LA POUSSÉE DU RÉACTEUR, CEPENDANT AU PRIX D'UNE GROSSE CONSOMMATION DE CARBURANT.

*LA DERNIÈRE VERSION DU SABRE.

DES... DES SACS DE SABLE ?!?
MAIS QU'EST-CE QUE ÇA VEUT DIRE ?!
QUE VOUS ÊTES TOMBÉ DANS LE PIÈGE TENDU, MISTER WEINDORF !
MAIS J'AVOUE QUE JE M'ATTENDAIS À QUELQU'UN D'AUTRE !
LES MEILLEURS ESPIONS SONT LES PLUS IMPROBABLES, VOUS DEVRIEZ LE SAVOIR, COLONEL !
METTEZ LES MAINS EN L'AIR !
SINON QUOI ? VOUS ALLEZ M'ABATTRE ? PAS DE GESTE INCONSIDÉRÉ, COLONEL, OU MON DERNIER ACTE SERA DE TUER VOTRE AMI !
J'AIMERAIS SAVOIR : QUI DONC ÊTES-VOUS ?
USAF
OH, PAS LE VRAI WEINDORF, VOUS VOUS EN DOUTEZ ! CELUI-CI EST MORT DANS UN CAMP DE PRISONNIERS EN 45. COMME IL N'AVAIT PAS DE FAMILLE, IL A ÉTÉ AISÉ DE LE REMPLACER PAR QUELQU'UN LUI RESSEMBLANT PHYSIQUEMENT, LES ALÉAS DE LA GUERRE AIDANT. MAIS CESSONS LÀ CES FUTILES BAVARDAGES.
!
BAOOOM
OIL
ALERTE ! AU FEU !
DANNY ET TUMBLER SONT À L'INTÉRIEUR !
DMA 32

ILS SONT LÀ !
ON VOUS A APPORTÉ DE QUOI TENIR LE CHOC ! CHOCOLATS, WHISKY ET MAGAZINES !
DE L'ALCOOL ?! C'EST TOTALEMENT INTERDIT PAR LE RÈGLEMENT ET...
ET PEU APRÈS, TANDIS QUE BUCK LES A MIS AU COURANT DE LA SITUATION...
LE COLONEL WEINDORF ? C'EST... C'EST INCROYABLE ! QUI AURAIT PU PENSER UNE CHOSE PAREILLE ? ET IL S'EST SACRIFIÉ EN PLUS ?
OUAIS, CE DAMNÉ ROUGE A BIEN JOUÉ SON COUP ! NON SEULEMENT IL A POSSÉDÉ TOUT LE MONDE, MAIS IL A AUSSI RÉUSSI À DÉTRUIRE TON SABRE E ! ET COMME LE DUEL EST DANS DEUX JOURS, IL EST TROP TARD POUR EN FAIRE VENIR UN AUTRE DES USA !
NE VOUS INQUIÉTEZ PAS, SIR, ON VA VOUS FAIRE PRÉPARER NOTRE MEILLEUR TYPE A ! ON VA SÉLECTIONNER LES DERNIERS ARRIVÉS ET VOIR AVEC LES MÉCANOS CELUI QUI EST DANS LE MEILLEUR ÉTAT !
MERCI KIDS, JE SAVAIS QUE JE POUVAIS COMPTER SUR VOUS ! ET AUTRE CHOSE : MAINTENANT, JE PEUX VOUS DIRE OÙ EST SONNY ET VOUS EXPLIQUER NOTRE PLAN POUR LE DÉLIVRER !
FANTASTIQUE, SIR ! SI ON PEUT AIDER, C'EST AVEC LA PLUS GRANDE JOIE !
LE JOUR DU DUEL EST ENFIN ARRIVÉ, ET DANS LA CITADELLE DE XIMING...
MAIS OÙ M'EMMENEZ-VOUS, BANDE DE CLOPORTES !
SILENCE, YANKEE !
BAF !
AÏE !
LES VOILÀ ! PRÉVIENS CHEN ! ET ENSUITE, ENVOIE UN MESSAGE AU QG POUR QU'ILS PRÉVIENNENT LES AMÉRICAINS !
DMA 33

OÙ M'EMMENEZ-VOUS ?
À PÉKIN, DANS CE TRAIN FORTEMENT DÉFENDU PAR LA DCA DE LÀ, NOUS SERONS TROP LOIN DE LA FRONTIÈRE POUR QUE VOS AMIS TENTENT DE NOUS INTERCEPTER ET NOUS PRENDRONS UN AVION POUR MOSCOU.
ÇA VA, TOUS NOS CAMARADES SONT EN PLACE ET SONNY EST BIEN LÀ COMME PRÉVU ! CHEN, ENVOIE LE SIGNAL !
ET QUELQUES INSTANTS PLUS TARD, À SUWON...
J'ARRIVE DU CENTRAL RADIO ! LE TRAIN VIENT DE DÉMARRER ET SONNY EST BIEN À BORD ! VOUS AVEZ LE FEU VERT !
MERCI ROBINS ! TUMB, C'EST À TOI DE JOUER !
DOIS-JE LUI FAIRE PART DU MESSAGE ET LUI DIRE QUE S'IL RATE SON COUP, SONNY MOURRA SOUS LA TORTURE ? NON, CE... CE N'EST PAS HUMAIN. IL S'EN VOUDRAIT LE RESTANT DE SA VIE.
BONNE CHANCE, VIEUX FRÈRE !
MERCI BUCK ! ET TOI, MOUCHE CE DAMNÉ ROUGE POUR NOS COPAINS ABATTUS !
ET MAINTENANT, CAP AU NORD VERS LA FRONTIÈRE. S'AGIT DE RATTRAPER CE TRAIN SANS SE FAIRE REPÉRER ! HEUREUSEMENT QUE NOS BASES SONT PRÉVENUES, ÇA M'ÉVITERA DÉJÀ DE ME FAIRE DESCENDRE PAR LES NÔTRES !
ET TRENTE MINUTES PLUS TARD...
C'EST L'HEURE, CHAPS.
ÇA VA ALLER, SIR, VOUS ÊTES LE MEILLEUR !
D'AILLEURS, VOUS AVEZ SACRÉMENT INTÉRÊT À GAGNER, ON A TOUS PARIÉ NOTRE SOLDE SUR VOUS !
TRÈS DRÔLE, ROBINS !
VOUS ALLEZ N'EN FAIRE QU'UNE BOUCHÉE DE CE RUSSKOFF, SIR !
MERCI CHAPS, VOS ENCOURAGEMENTS ME VONT DROIT AU COEUR !
SI SEULEMENT C'ÉTAIT AUSSI SIMPLE... QUE FAIRE, BON SANG ! JE N'AI TOUJOURS PAS PRIS MA DÉCISION !
DMA34

BONNE CHANCE, COLONEL !
CE N'EST PAS LA CHANCE QUI CRÉE LA VICTOIRE, CAMARADE DIRECTEUR, MAIS LA PRÉPARATION ! ET CROYEZ-MOI, AVEC CE NOUVEAU MOTEUR, DANNY NE POURRA PAS LUTTER !
300
PENDANT CE TEMPS...
VOILÀ LA FRONTIÈRE ! LES CHOSES SÉRIEUSES COMMENCENT ! BON, DÉJÀ, PASSER SUR LA FRÉQUENCE RADIO DE TAO AFIN QU'IL PUISSE M'ENVOYER LE FEU VERT POUR ME POSER...
HEUREUSEMENT QUE LES CHEMINS DE FER CHINOIS SONT INFILTRÉS PAR LES NATIONALISTES ET LEURS SYMPATHISANTS, SINON CETTE OPÉRATION N'AURAIT PAS ÉTÉ POSSIBLE...
LES CHARGES VONT BIENTÔT EXPLOSER !
RAPPELEZ-VOUS, QUOI QU'IL SE PASSE, LE TRAIN NE DOIT PAS S'ARRÊTER, C'EST BIEN COMPRIS ?
OUI, CAPITAINE, C'EST COMPRIS !
TANDIS QUE BIEN PLUS AU SUD, AU MÊME INSTANT...
CE QUE JE NE COMPRENDS PAS, C'EST POURQUOI LES RUSSES ÉVACUENT SONNY AU MOMENT MÊME DU DUEL ? ILS SAVAIENT TRÈS BIEN QU'ON L'APPRENDRAIT PAR NOTRE RÉSEAU D'ESPIONS, DONC... SERAIT-CE POUR ME METTRE UNE PRESSION SUPPLÉMENTAIRE ET CHERCHER À ME DÉCONCENTRER ?
À MOINS QUE... CE NE SOIT UN MESSAGE À MON INTENTION... ME FAIRE SAVOIR QU'ILS NE PLAISANTENT PAS, QUE LE TRAIN DE LA MORT POUR SONNY EST EN MARCHE ? MON DIEU, PAUVRE SONNY, C'EST ÉPOUVANTABLE ! MAIS QUE FAIRE SI L'OPÉRATION ÉCHOUE ?
ME LAISSER ABATTRE ET LE SAUVER ? MAIS DANS CE CAS, C'EST TOUTE L'AIR FORCE QUI EN PRENDRA UN COUP. CELA RENFORCERA LES RUSSES...
... PEUT-ÊTRE MÊME QUE STALINE ENVERRA D'AUTRES ESCADRILLES, ET AU FINAL, CE SONT D'AUTRES CAMARADES QUI VONT TOMBER...
DMA 35

TANDIS QUE LE MIG DU COLONEL KORSAKOV FONCE CAP AU SUD VERS LE YALU À PRÈS DE 1000 KM/H…
JE DONNERAIS CHER POUR VOIR LA TÊTE DE DANNY LORSQU'IL VERRA MA « PETITE SURPRISE ». CE N'EST PAS TRÈS FAIR-PLAY, MAIS JE DOIS ABSOLUMENT GAGNER, LES ENJEUX SONT TROP IMPORTANTS POUR QUE JE PRENNE LE MOINDRE RISQUE DE VOIR LA VICTOIRE M'ÉCHAPPER…
BUCK FAIT DE MÊME CAP AU NORD, VERS LE POINT DE RENCONTRE FIXÉ…
TOUT VA SE JOUER À LA SECONDE PRÈS ! JE VAIS DEVOIR TEMPORISER AFIN DE LAISSER À TUMB ET TAO LE TEMPS DE LIBÉRER SONNY. ILS DOIVENT ME CONTACTER SUR MA RADIO DE BORD EN CAS DE SUCCÈS.
MAIS S'ILS N'Y PARVIENNENT PAS, QUE FAIRE ? CONDAMNER SONNY À UNE MORT ATROCE OU ME LAISSER ABATTRE ? APRÈS TOUT, PEUT-ÊTRE QUE KORSAKOV EST PLUS FORT QUE MOI ET QUE JE N'AURAI PAS À DÉCIDER…
MIDI : IL EST L'HEURE ET J'ARRIVE SUR LA POSITION ET À L'ALTITUDE STIPULÉE SUR LE MESSAGE.
USAF
SUIVANT LES CONDITIONS D'ENGAGEMENT, NOUS DEVONS D'ABORD NOUS CROISER SUR UNE PASSE FRONTALE, MAIS JE ME MÉFIE DE CE LOUSTIC. UN COUP FOURRÉ DE SA PART NE M'ÉTONNERAIT PAS. SOYONS PRUDENT…
BAOM !
BAOM !!
LA DCA EST HS ! CHEN, CONTACTE TUMB ET DIS-LUI QU'IL PEUT SE POSER !
JOLLY JUMPER DE BLACK CAT, LA VOIE EST LIBRE !
DE JOLLY JUMPER, BIEN REÇU ! J'AI LE TRAIN EN VISUEL ! DITES AU CHAUFFEUR D'ACCÉLÉRER !
ALLEZ, LES GARS, DU NERF ! NOUS DEVONS FAIRE ROULER CE FOUTU TRAIN AU-DELÀ DE LA VITESSE DE DÉCROCHAGE DU BIPLAN !
DMA 36

LÀ, DROIT DEVANT, UN MIG, C'EST LUI ! BIDONS LARGUÉS... LE COMBAT COMMENCE... POURVU QUE JE PUISSE TEMPORISER !
U.S. AIR
300
US AIR FORCE
91217
FU-217
JE N'AI QU'UNE LONGUEUR DE WAGON POUR ME POSER, ÇA VA ÊTRE JUSTE ! ET AVEC ÇA, CETTE MAUDITE FUMÉE N'ARRANGE RIEN !
VOUS DEUX, NE QUITTEZ PAS LE PRISONNIER DES YEUX ! JE VAIS VOIR CE QU'IL SE PASSE !
À VOS ORDRES !
BON SANG, LA MOINDRE ERREUR ET C'EST LA CATASTROPHE !
ÇA Y EST ! VITE, COUPER LES GAZ ET FREINER !
DMA 37

ÇA ALORS, AURAIS-JE LA BERLUE ? ON DIRAIT LE RONFLEMENT D'UN MOTEUR D'AVION ! D'ABORD UNE DOUBLE EXPLOSION, PUIS CE MOTEUR... LES COPAINS ! C'EST LES COPAINS QUI VIENNENT ME CHERCHER, J'EN SUIS SÛR !
JE DOIS ABSOLUMENT ME DÉBARRASSER DE CES DEUX GUIGNOLS AVANT QUE L'AUTRE RUSSKOFF NE REVIENNE ! MON VIEUX SONNY, VA FALLOIR JOUER SERRÉ !
HÉ, OÙ TU VAS ? NOUS AVONS ORDRE DE RESTER ICI !
POK
JE SUIS DE VOTRE CÔTÉ, NE VOUS INQUIÉTEZ PAS !
HA BEN ÇA ALORS !
!
TRAÎTRE !
PAW!
PAW!
!
AINSI TES AMIS SONT ASSEZ FOUS POUR VENIR TE CHERCHER ! MAIS ILS NE T'AURONT PAS VIVANT !
EH ! PAS... PAS DE BLAGUE, HEIN ! JE... JE ME RENDS !
FAIS TA PRIÈRE, YANKEE !
DMA 38

TAO ! DIEU SOIT LOUÉ ! TU... TU VIENS DE ME SAUVER LA VIE, VIEUX FRÈRE !
CONTENT DE TE VOIR, SONNY ! MAIS NE TRAÎNONS PAS ! TUMB EST POSÉ SUR LE TOIT ET NOUS DEVONS LE REJOINDRE AU PLUS VITE !
TANDIS QU'AU-DESSUS DU YALU, LES PILOTES SAVENT QUE LE FILM DE LA CINÉMITRAILLEUSE DE L'AVION VAINQUEUR FERA LE TOUR DU MONDE, ÉTANT DE FORCES ÉGALES ET VOLANT SUR DES APPAREILS AUX CARACTÉRISTIQUES SIMILAIRES, AUCUN N'ARRIVE À PRENDRE LE DESSUS SUR L'AUTRE, JUSQU'AU MOMENT OÙ...
FU-217
C'EST ÉTRANGE... DANNY MANOEUVRE TRÈS FINEMENT, ET PLUSIEURS FOIS, IL AURAIT PU PRENDRE L'AVANTAGE MAIS IL NE L'A PAS FAIT. QUOI QU'IL EN SOIT, LE CARBURANT S'ÉPUISE ET JE N'AI PLUS LE TEMPS DE JOUER. PASSONS AUX CHOSES SÉRIEUSES !
COMMENT PEUT-IL ME DOUBLER À UNE TELLE VITESSE ?! ÇA NE CORRESPOND PAS AUX PERFOS DU MIG QUE NOUS AVONS TESTÉ !
300
HORREUR ! UN TUNNEL !
DMA 39

HEY, TUMB ! RUDEMENT CONTENT DE TE VOIR, VIEUX !
GRIMPE VITE ! VITE !!
IL Y A UN TUNNEL DEVANT !!!
!
MAUDITS TRAÎTRES ! MAIS CE SONT DES AMATEURS, ILS ONT FAIT L'ÉNORME ERREUR DE NE PAS M'ACHEVER !
BANG BANG
ACCROCHEZ-VOUS !
TUMB, ÇA VA ALOURDIR LE ZINC !
ON N'A PAS LE CHOIX !
BANG BANG BANG BANG
123
DMA 40

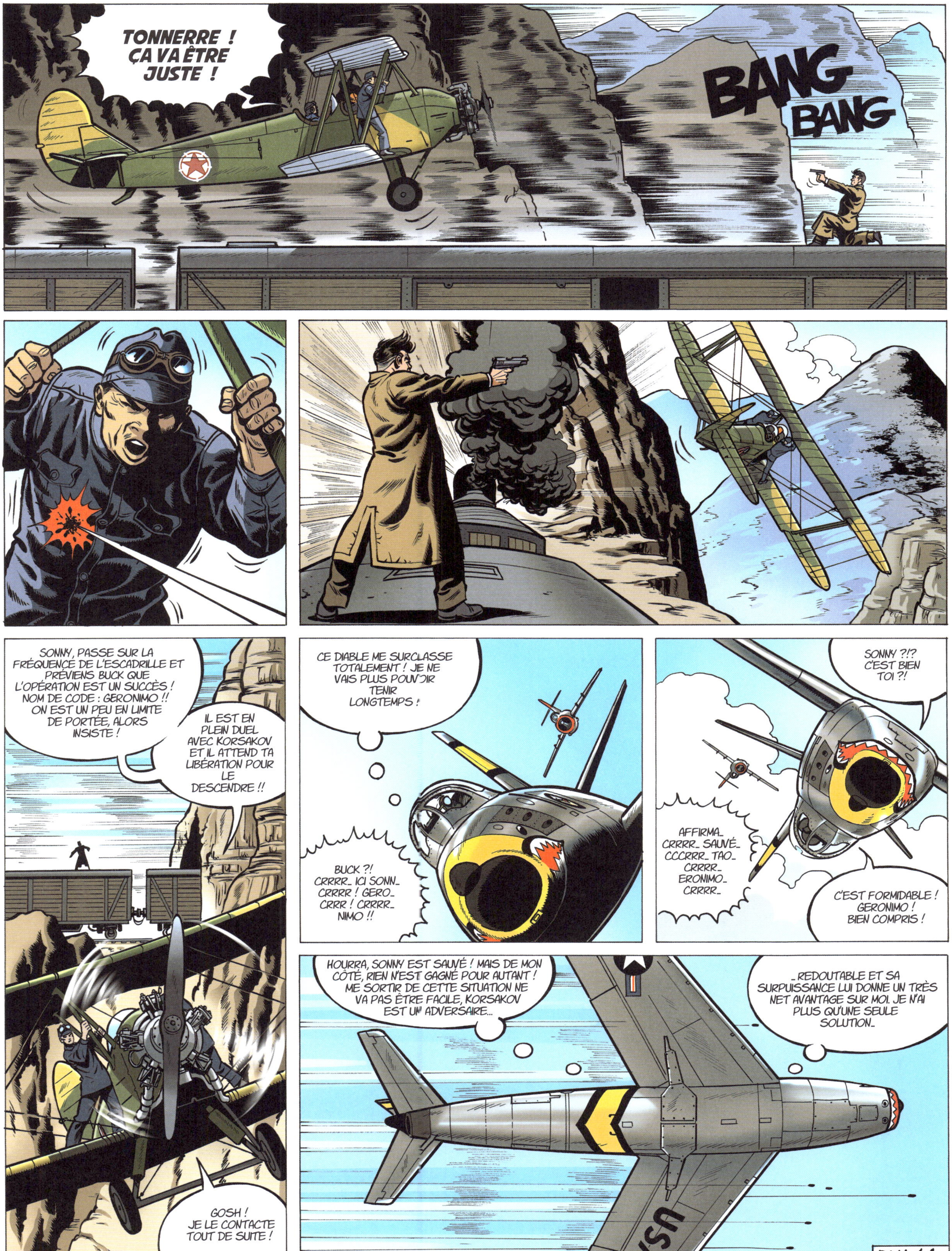
TONNERRE ! ÇA VA ÊTRE JUSTE !
BANG
BANG
SONNY, PASSE SUR LA FRÉQUENCE DE L'ESCADRILLE ET PRÉVIENS BUCK QUE L'OPÉRATION EST UN SUCCÈS ! NOM DE CODE : GERONIMO !! ON EST UN PEU EN LIMITE DE PORTÉE, ALORS INSISTE !
IL EST EN PLEIN DUEL AVEC KORSAKOV ET IL ATTEND TA LIBÉRATION POUR LE DESCENDRE !!
GOSH ! JE LE CONTACTE TOUT DE SUITE !
CE DIABLE ME SURCLASSE TOTALEMENT ! JE NE VAIS PLUS POUVOIR TENIR LONGTEMPS !
BUCK ?! CRRRR... ICI SONN... CRRRR ! GERO... CRRR ! CRRRR... NIMO !!
SONNY ?!? C'EST BIEN TOI ?!
AFFIRMA... CRRRR... SAUVÉ... CCCRRR... TAO... CRRRR... ERONIMO... CRRRR...
C'EST FORMIDABLE ! GERONIMO ! BIEN COMPRIS !
HOURRA, SONNY EST SAUVÉ ! MAIS DE MON CÔTÉ, RIEN N'EST GAGNÉ POUR AUTANT ! ME SORTIR DE CETTE SITUATION NE VA PAS ÊTRE FACILE, KORSAKOV EST UN ADVERSAIRE...
... REDOUTABLE ET SA SURPUISSANCE LUI DONNE UN TRÈS NET AVANTAGE SUR MOI. JE N'AI PLUS QU'UNE SEULE SOLUTION...
USA
DMA 41

TOUT D'ABORD, REPRENDRE DE LA VITESSE…
ET MAINTENANT, ENGAGER UN LOOPING TRÈS SERRÉ…
LE MIG ME SUIT TOUJOURS… PARFAIT…
OH ! LÀ, À 5 HEURES ! CES POINTS À L'HORIZON… DES… DES MIG ! L'ALERTE A ÉTÉ DONNÉE !
ACCROCHEZ-VOUS !
ET AVEC ÇA, LE ZINC EST EN SURCHARGE ! QUE FAIRE, MON DIEU ?! NOUS ALLONS TOUS Y RESTER !
ME VOILÀ SUR LE DOS, LA VITESSE A FORTEMENT CHUTÉ… C'EST LE MOMENT !
IL ME COLLE AU TRAIN… EXACTEMENT CE QUE J'ESCOMPTAIS. ET MAINTENANT, VIRER À LA LIMITE DU DÉCROCHAGE !
USAF
DMA 42

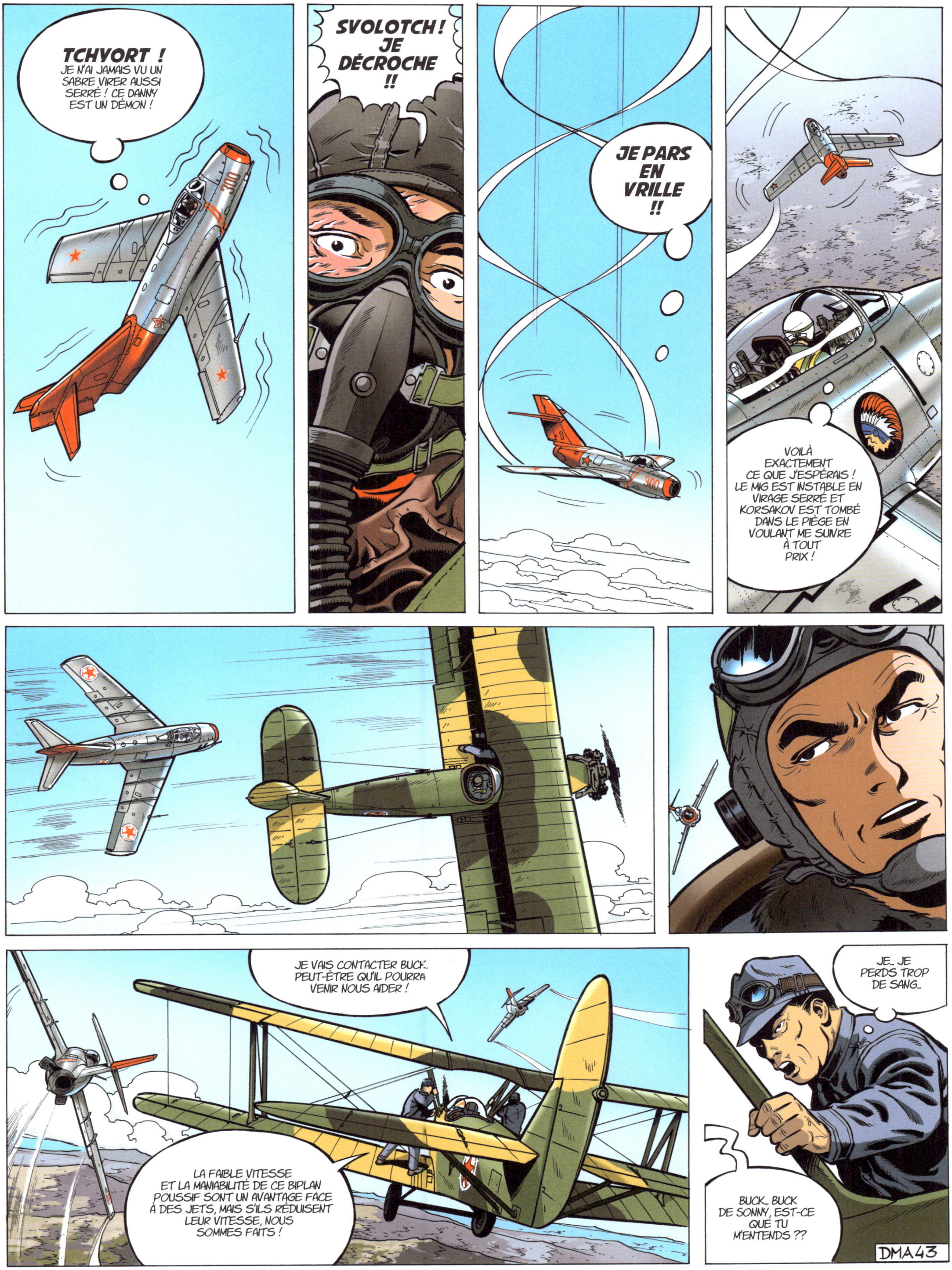
TCHVORT ! JE N'AI JAMAIS VU UN SABRE VIRER AUSSI SERRÉ ! CE DANNY EST UN DÉMON !
SVOLOTCH ! JE DÉCROCHE !!
JE PARS EN VRILLE !!
VOILÀ EXACTEMENT CE QUE J'ESPÉRAIS ! LE MIG EST INSTABLE EN VIRAGE SERRÉ ET KORSAKOV EST TOMBÉ DANS LE PIÈGE EN VOULANT ME SUIVRE À TOUT PRIX !
JE VAIS CONTACTER BUCK.. PEUT-ÊTRE QU'IL POURRA VENIR NOUS AIDER !
LA FAIBLE VITESSE ET LA MANIABILITÉ DE CE BIPLAN POUSSIF SONT UN AVANTAGE FACE À DES JETS, MAIS S'ILS RÉDUISENT LEUR VITESSE, NOUS SOMMES FAITS !
JE.. JE PERDS TROP DE SANG..
BUCK.. BUCK DE SONNY, EST-CE QUE TU M'ENTENDS ??
DMA43

CHEN ! REVIENS ! QU'EST-CE QUE TU FAIS ?!
CHEN, NE FAIS PAS ÇA !!
DÉSOLÉ, MON CAPITAINE, JE… JE N'AI PAS LA FORCE DE REVENIR ET MON POIDS DÉSÉQUILIBRE L'AVION ! PERDU POUR PERDU…
CHEN !! NOOOOONN !!!
PAS LE TEMPS POUR LES LARMES, KIDS, LES MIG REVIENNENT À LA CHARGE, ACCROCHEZ-VOUS !
TANDIS QUE SUR LA FRONTIÈRE, UN AUTRE DRAME SE JOUE…
ALLEZ COLONEL…
…SAUTEZ !
FU217
ADIEU COLONEL…
CRRRR… BUCK ? TU… TU M'ENT… CRRR… SITUATION… CRRRR… DÉSESPÉ… CRRRR…
SONNY ?!
DMA 44

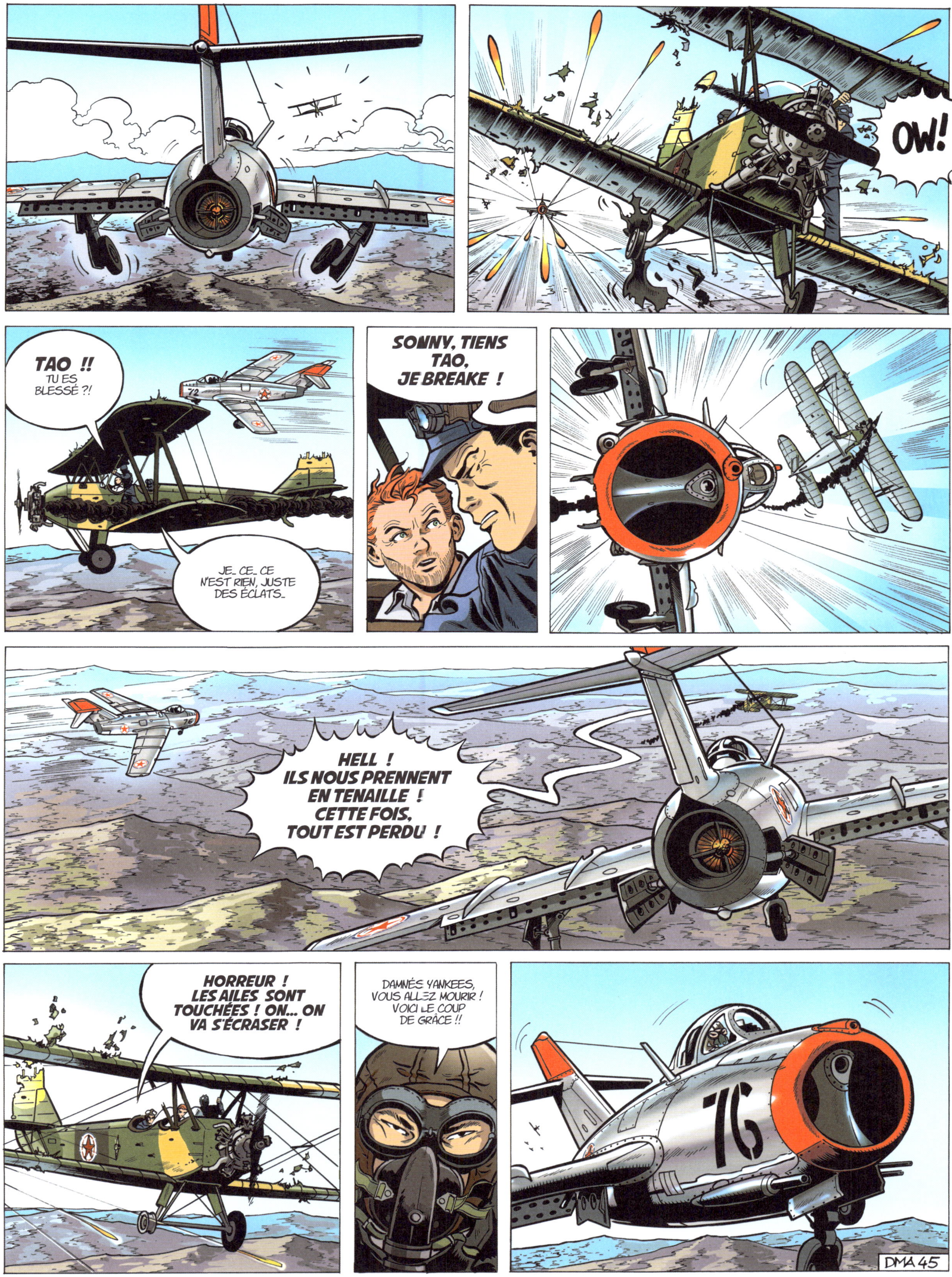
OW!
TAO !! TU ES BLESSÉ ?!
JE... CE... CE N'EST RIEN, JUSTE DES ÉCLATS...
SONNY, TIENS TAO, JE BREAKE !
HELL ! ILS NOUS PRENNENT EN TENAILLE ! CETTE FOIS, TOUT EST PERDU !
HORREUR ! LES AILES SONT TOUCHÉES ! ON... ON VA S'ÉCRASER !
DAMNÉS YANKEES, VOUS ALLEZ MOURIR ! VOICI LE COUP DE GRÂCE !!
76
DMA 45

DÉCOUVREZ LES PROCHAINES AVENTURES DE BUCK DANNY DANS LE PACIFIQUE DANS : «LES FANTÔMES DU SOLEIL LEVANT»

SI TU AS
AIMÉ CETTE AVENTURE,
TU AIMERAS PEUT-ÊTRE CELLES
DES AVIATEURS D'AIR FORCE VIETNAM.
LE TOME 4
DISPONIBLE
EN LIBRAIRIE !
AIR FORCES
VIETNAM
4. CRUSADER DANS LA TOURMENTE
403

BUCK DANNY
DE 1947 À 2014, PLUS DE 65 ANS D'AVENTURES AÉRONAUTIQUES !